JOÃO ANZANELLO CARRASCOZA

# TEMPO
# JUSTO

© João Anzanello Carrascoza, 2015

COORDENAÇÃO EDITORIAL *Adilson Miguel e Graziela Ribeiro dos Santos*
ASSISTÊNCIA EDITORIAL *Olívia Lima*
REVISÃO *Marcia Menin*

PROJETO GRÁFICO E EDIÇÃO DE ARTE *Rita M. da Costa Aguiar*
PRODUÇÃO INDUSTRIAL *Alexander Maeda*
IMPRESSÃO PifferPrint

---

Dados Internacionais de Catalogação na Publicação (CIP)
(Câmara Brasileira do Livro, SP, Brasil)

---

Carrascoza, João Anzanello
Tempo justo / João Anzanello Carrascoza.
— São Paulo : Edições SM, 2016.

ISBN 978-85-418-1517-8

1. Contos brasileiros I. Título.

| 16-03981 | CDD-869.3 |
|---|---|

Índices para catálogo sistemático:

1. Contos : Literatura brasileira 869.3

1ª edição setembro de 2016
7ª impressão 2025

Todos os direitos reservados à
SM Educação
Avenida Paulista 1842 – 18°Andar,
cj. 185, 186 e 187 – Cetenco Plaza
Bela Vista 01310-945 São Paulo SP Brasil
Tel. (11) 2111-7400
atendimento@grupo-sm.com
www.smeducacao.com.br

# SUMÁRIO

AS COISAS MUDAM AS COISAS, 5
OUTRO MAR, 13
PERDA, 16
COMO A LUZ, 21
O SÉTIMO DIA, 24
NATIVIDADE, 31
IRMÃ, 36
PERDÃO, 39
ESCURO, 48
ESPIRAL, 52
ALFABETO, 55
ASSIM EU GOSTARIA, 61
O ENTREPOSTO, 66
BALANÇO, 70
FINITA E BELA, 75
RETRATO, 77

# AS COISAS MUDAM AS COISAS

Foi assim, como um relâmpago. Estávamos no rancho, e era manhã, eu acordei e o mundo se apresentou daquele jeito, os eucaliptos ao redor da casa, um solzinho driblando seus galhos, o ar frio que gelava as narinas, a voz dele distante, quase uma novidade para os meus ouvidos — era a voz da mãe que me retirava, diariamente, do sonho para a vida, quando, então, tudo recomeçava a fazer sentido em mim. Levantei e fui à cozinha, os olhos ainda gordos de sono, mas já emagrecendo com o verde que, pelas largas janelas, eu via se estender lá fora em suas variadas formas — árvores, plantas trepadeiras, grama. Sentei-me à mesa e ganhei um beijo da Mara, que me perguntou se eu havia dormido bem, e eu sorri com preguiça e disse baixinho, *dormi*, e ele, à minha frente, bebendo o seu café, disse, *Descansou bastante?*, e eu, *Descansei*, e ele, *Que bom!*, e acrescentou, *Tenho um programa pra nós hoje*, e a Mara soltou um palpite, *Vão andar a cavalo?*, e ele, *Não, outra coisa*, e ela, *Colher laranjas?*, e ele, *Não*, e eu, quieto, passando a manteiga no pão, à espera. Eu não tinha nada em mente, estava ali com os dois, sem que fosse feliz ou triste, aquele estar era só um estar, que poderia ou não ser o início de algo feliz ou triste, eu não era mais uma criança, eu já sabia que as coisas eram assim, as coisas, as coisas estão lá, pedindo para que a gente as faça, e uma hora a gente as faz, porque temos de povoar o tempo. No começo, fazemos sem muita vontade, mas depois a gente até pega gosto, tinha sido assim a minha primeira vez com ele e a Mara no rancho, aquela poeira, o vento frio, os pernilongos, tudo que não era a minha casa, o meu quarto, a minha cama e eis que, de repente, no dia seguinte, eu me vi aceitando, contente ao acordar com o canto dos pássaros, e aí eu percebi que, se as coisas tinham mudado, é porque elas antes eram outras, ainda não o que se tornariam, embora dentro delas já estivesse se formando aquele de repente que as transformaria. Eu continuei mudo, à espera, e, então, ele disse, *Que tal irmos a pé até a Santa Rita?*, e bebeu outro gole de café, e a Mara me olhou de relance, eu já ouvira os dois falarem da Santa Rita, a fazenda mais bonita da região, e ela disse, *Não é muito longe?*, e ele, *Oito quilômetros, ida e volta, só duas horinhas*, e, antes que eu pudesse me opor, completou, *Se sairmos agora, ainda chegamos pro almoço*, e eu, no ato, não fiquei muito animado, mas eu crescera, eu sabia que as coisas mudam, e elas já estavam mudando, ainda que devagar, porque a Mara me disse, *Você vai gostar*, e comentou que havia lá um lago com marrecos, galinhas d'angola, um túnel de ipês, e ele emendou, *O sol tá fraco, é um dia ideal pra gente andar, vamos?*, e eu senti que a caminhada podia ser boa, tínhamos de viver a manhã de algum jeito, e aquele era um jeito novo, depois de experimentarmos o novo, a gente passa a ver melhor até as coisas conhecidas, e, mastigando o pão, por fim, respondi, *Vamos!* E, então, nós fomos. Calçamos os tênis, ele pegou um cantil de água e disse, *Tchau, querida*, e a Mara acenou da cozinha, *A gente volta pro almoço*, e ela, vendo os meus olhos cheios de eucaliptos, disse, *Vou fazer batata frita pra você*, eu sorri, a viagem prometia, se não nela mesma, no retorno, porque a batata frita da Mara era muito saborosa, e logo a gente enveredou por uma estradinha na qual eu já andara umas vezes, mas só até certo ponto, não muito distante da casa, e aí, percorrendo-a mais e mais, em passo lento, ele na frente, meio curvado, me puxando como se com um cordão invisível, eu comecei a descobrir nela uma outra estradinha, diferente, umas touceiras altas de capim, cercas de arame farpado, aquele trecho não era o mesmo onde eu antes passara, assim como era outro trecho dele — e de mim — que eu, então, ia trilhando, *Olha lá naquele mourão, um anu!*, ele apontou, e o pássaro negro, de cauda longa, se manteve estático, retendo o voo, para ser o que era naquele momento, pássaro negro sobre um mourão, e, depois, ele disse, *Mais um pouco e dá pra ver o morro, a divisa do nosso rancho com o São Geraldo*, o morro, eu nunca tinha visto, ele bem sabia, por isso me mostrava, e logo, avançando em sua direção, eis o morro pertinho de nós, imóvel, como o pássaro, anu no mourão a nos observar, e, mais adiante, umas plantas ralas, esparramadas pelo solo, e ele, *Tá vendo ali? É a cana do São Geraldo, tá bem crescidinha*, e aí eu senti que ele se comprazia em me apresentar o que, à nossa frente, se mostrava, mas que, pela voz dele, se exibia de outra forma, como se as coisas se fizessem por meio de sua palavra, como se estivessem ali só para se tornar o que eram quando ele as pronunciasse, *E atrás daquela curva*, os meus olhos se ergueram do chão para ver a curva se formar adiante, *atrás daquela curva tá o caminho pra Serra do Lobo*, ele disse, e, assim, nós dois fomos seguindo aquela estradinha, que também seguia em nós, eu e ele sendo quem éramos, não porque já éramos, mas porque estávamos nos tornando naquele instante ao pisar na Santa Rita, tão parecida com a paisagem do rancho, um corpo só de terra vermelha, mas dividido por uma porteira, limite imposto pelos homens, sem o qual tudo era uma coisa única, a estradinha que eu e ele havíamos deixado para trás, mas que continuava daquele outro lado, ela igual a ela, a mesma, embora para além de uma linha a demarcar dois mundos. E, mal demos os primeiros passos rumo à sede da Santa Rita, umas nuvens que enegreciam, silenciosas, pelo céu foram cobrindo o sol, tímido desde o amanhecer, e um vento, vindo de longe, se pôs a agitar os galhos dos ipês, *O tempo tá mudando*, ele disse, *quem diria?*, como se desconhecesse a lógica do Universo, que, de repente, pode mudar tudo, ele disse, *O tempo tá mudando, quem diria?*, mas não alterou o ritmo da marcha, o que me surpreendeu, estávamos em campo aberto, para viver a vida que ali nos aguardava, como o lago da Santa Rita, cujas águas já se insinuavam à nossa vista, lá estava o lago, entregue aos seus marrecos, sem poder sair dali, igual a mim e a ele, rumo ao nosso minuto seguinte, não presos àquele horizonte e àquela vegetação, mas, sim, livres de tudo o que não era aquele horizonte e aquela vegetação, dissociados da realidade a cujo continente aquele pedaço de terra não mais pertencia, e, ainda que o tempo estivesse mudando, ele não alterou o ritmo da marcha, como se pouco importasse se o negror das nuvens se ampliava, se o vento entupiria nossas narinas com o perfume de poeira, se a carne da terra acusava o peso dos nossos pés, e continuou a refazer para mim, com palavras, a fazenda que diante de nós se delineava, *Ali era o antigo engenho, lá é o que restou das senzalas, aquela é a tulha*, e eu, surpreso, ouvindo a sua voz, que me soava nova — e mais poderosa —, um outro mundo, para onde ele me levava, mas diferente do que eu via, porque nascia de sua presença, e da minha, um mundo que não seria o que era sem nós dois sobre a sua superfície, e eu perguntei, *Um engenho?*, e ele, *Um engenho de cana-de-açúcar*, e eu perguntei, *O que é senzala?*, e ele, *A casa dos escravos*, e eu novamente, *E a tulha?*, e ele, *O lugar onde se guarda a colheita*, e o céu, em continuação, deixava entrever que, devagar e inapelavelmente, ia fabricando uma tempestade, e ele, sem acelerar o passo, caminhou em direção ao lago, e aquele tudo que ele me apresentava lá estava, imutável, para sempre, antes e depois de nossa passagem, e aí a um relâmpago se seguiu um trovão, e eu igualmente atrás dele, contornando ambos o jirau onde os moradores da Santa Rita pescavam, outro relâmpago, e seu sequente trovão, e a chuva, por fim, se desenglobando em cima daquelas paragens, ele andando à minha frente, como se estivesse havia muito atravessando as águas, como se as águas se amoldassem ao seu ser sólido. E, então, eu percebi, na pele, porque na consciência eu já sabia que eu não era mais criança, percebi que as coisas, as coisas mudam, as coisas mudam as coisas, as coisas nos mudam, de repente, como um relâmpago, e eu sentia que aquela hora ele estava se tornando outro para mim, não porque deixasse de ser quem ele era, era eu quem o estava vendo de um modo distinto, palmilhando sua vida em outro trecho, eu quem começara a conhecer de fato um outro ele que nele habitava e eu imaginava enganadoramente já conhecer. E, assim, seguimos por uma alameda de arbustos, vulneráveis como nós ante a veemência do temporal, mas ante a veemência do temporal nós estávamos tão vivos que me dava quase medo, quase medo de que não estivéssemos tão vivos no instante seguinte, e ele, outro relâmpago explodindo ao alto, ele andava à minha frente, meio curvado, ele se entregava à chuva, ele sabia que a chuva tinha a sua hora de chover e, se estávamos nela, era inevitável aceitá-la, era preciso continuar, e ele continuava, e nós continuamos, e, continuando, ele sabia que era bom estar ali, caminhando comigo — ou era eu que sabia? —, e eu, em seu encalço, igualmente molhado, eu nem sabia que meu ser estava ensopado dele, eu sentia um desejo imenso de dizer, de dizer aquilo que eu nunca pensei que pudesse sentir por ele, porque ele não era a manhã de todos os meus dias, não era a voz que fazia a vida voltar a ser vida em mim, eu ouvia o rugir da chuva sobre as nossas cabeças, o rumor dos nossos pés encharcados na lama, e eu queria dizer aquilo, e, vendo ele avançar resoluto, sem diminuir o passo, andando no mesmo ritmo, eu sabia que já estava, de repente, como um relâmpago, dizendo ao pai tudo aquilo que, um dia, jamais pensei sentir por ele.

# OUTRO MAR

Nenhum de nós, àquela hora da manhã, quando a claridade já doía nos olhos, era capaz de ouvir as explosões do sol, produzindo os raios que iluminavam a baía inteira. Nossos ouvidos só captavam o rumor longínquo da maré — era uma limitação nossa, um engano, tão sem margens quanto o oceano, imaginar que o coração do sol batia em silêncio. Fazia muito não vivíamos um instante tão distraídos, as dores ancoradas noutro porto, a família a se reunir no verão, chegando aos poucos até o guarda-sol, primeiro a Avó, depois o Pai e a Mãe, e logo eu, e, em seguida, o Irmão, e, ao fim, a Irmã e a Amiga, todos ali, se dando ao dia, sem esforço, de velas abertas para a luz feroz de fevereiro. Com os pés na areia e o céu sobre nossas cabeças, quase não nos movíamos, como grãos em repouso à espera do vento que nos daria nova configuração. O calor se infiltrava pelos espaços em ondas invisíveis, e a nossa percepção se tornava ainda mais emoliente, cada um se entregando à maciez de seu momento, a vida de repente se espraiando, saltando, como um peixe, de um aquário para o mar. A paisagem, serra de um lado e baía do outro, era tão bela que qualquer prenúncio de sofrimento se recolheria à sua valva. Por isso, o Pai fumava seu cigarro com gosto, a Mãe se bronzeava deitada numa esteira, a Avó fazia palavras cruzadas, o Irmão brincava com suas forminhas de bichos, a Irmã e a Amiga conversavam, e eu, como um barco, observava-os se distanciarem vagarosamente de minha ilha. Agradava-me tê-los tão sólidos diante de mim e, ao mesmo tempo, entregues à transparência daqueles seus pequenos desejos, como os cristais cintilantes da areia, num descompromisso com as coisas sérias, banhados apenas pelo azul da hora. Logo a Mãe iria chamar o Pai para caminhar até os rochedos, e a Irmã e a Amiga sairiam para comprar sorvete, e o Irmão iria se refrescar no mar, e só a Avó permaneceria sob o guarda-sol, junto a mim, descolando-se de sua consciência, a mergulhar em fundas lembranças. Éramos o que éramos, ali, à sombra, com o presente até o pescoço, as dores e os conflitos em suspensão. Assim, cada um, à sua maneira, desfrutava a vista, o vento, a viagem dos sentidos, sem vazar ou recolher-se, caminhando sobre suas próprias águas, enquanto o mar vivo nos atravessava em surdina. E, num fluxo inverso, não tardaria para o Pai e a Mãe retornarem, a sede em seus olhos, o estampido de uma lata de cerveja a se abrir, e o Irmão de volta, respingando oceano, a Irmã e a Amiga também, tagarelantes, e depois a *dolce vita* outra vez, o tempo de asas desdobradas. Até que alguém, não sei se a Mãe ou a Irmã, chamou-nos para uma foto, e ninguém se moveu, a gostosa indolência, e ela, *Vamos, gente, uma foto só*, e, por fim, nos juntamos, os sorrisos posados mas sinceros, um registro dessa manhã maleável. E coube a mim o clique, coube a mim escapar da cena, igual a um pássaro se deslocando para o alto--mar. E, ao enquadrar todos, enquanto navegavam em sua provisória alegria, uma suspeita veio dar a meus pés, e o burburinho dos banhistas ao redor cessou. Como se me fosse dado o dom de captar a usina da ausência funcionando a todo vapor, ouvi o coração do sol pulsando, em estrondos, nos meus ouvidos, como se neles eu encostasse uma concha. E, então, percebi, sobrevoando aqueles rostos felizes, que outro mar nos levava — de leve, mas em definitivo — para longe. Suas ondas batiam, fatais, em cada um de nós, especialmente em meu coração de menino.

## PERDA

Foi com ele que eu aprendi a gostar de futebol, e não porque o tenha visto jogar alguma vez — o tio dizia que o pai, quando jovem, atuava como volante e sabia, como poucos, sair rápido da defesa ao ataque —, aprendi a gostar de futebol de tanto ver o pai, eufórico, com o radinho de pilha grudado na orelha, ouvindo o jogo, e admirava a sua paciência, porque, naquela época, o Corinthians não ganhava um campeonato havia anos. Eu aprendi a gostar de futebol — só percebi isso anos depois — porque era um jeito de ficar perto dele, de entrar, em silêncio, no seu campo de ação e ser imediatamente acolhido.

Eu me punha ao seu lado, a ouvir também o locutor desenhando, com a voz, os lances do jogo na minha imaginação, e aí a felicidade do pai me contaminava quando saía um gol do nosso time, *gol, gol, gol*, ele repetia, correndo aos saltos pela sala, erguendo-me, às vezes, às alturas, como um troféu. Do mesmo modo, eu sentia a dimensão de sua tristeza nas derrotas, que, então, eram costumeiras, *mais uma*, ele dizia, consternado, ao desligar o rádio, o Corinthians, apesar de vencer muitas partidas, perdia sempre as decisivas. Foi, foi com o pai que eu aprendi a gostar de futebol, ainda que o nosso time (talvez, por isso mesmo!) tivesse fracassado em tantos campeonatos e, sobretudo, perdido aquela final para o Palmeiras, quando o título estava tão perto; sem que tivesse me ensinado, assim claramente, foi com ele que eu descobri também que perder dói menos se estamos acompanhados.

O pai, o pai sempre no meio, nós dois brincando no quintal com uma bola de plástico, ele me deixando driblar, como se fosse incapaz de me deter, e a gente se divertindo ruidosamente, tanto que a mãe gritava lá de dentro, *O que está acontecendo aí?*, um zombava do outro sem parar, e falávamos alto, e ríamos e, aí, vindo à porta da cozinha, ela abria um sorriso e dizia, *Duas crianças!*, eu e o pai esquecidos de outros jogos, que nos esperavam lá adiante, era um momento cheio do que é o feliz, um momento antes da alegria ser desviada para fora.

Lembro daquele Natal em que o tio me deu uma bola de couro e o pai me ensinou a chutar de trivela, *Olha, presta atenção, filho*, e eu, atento, eu ainda despreparado para o amor, sem a consciência de que estar ali com ele era não estar nunca mais ali com ele, e o pai, como se estivesse a me dar algo de muito cuidado, o pai disse, *Pra acertar naquele canto, você tem de bater com esta parte do pé*, e, então, chutou várias vezes, como num replay, para que eu visse o segredo daquela ciência, e, por fim, falou, *Agora é a sua vez*, e foi me corrigindo, paciente, a cada uma de minhas tentativas, *Não, não é assim, é com esta parte aqui do pé; Isso, isso mesmo!; Viu como a bola saiu girando?; Agora com mais força, filho!*, o pai era assim, ele gostava de ver — hoje, tenho certeza! — a gente ganhando um acréscimo, o pai prezava o avanço da vida, e eu, eu ia entendendo de onde vêm os resultados.

Então ele comprou a tevê em cores, e nós começamos a assistir aos jogos do Corinthians, ombro a ombro, no sofá da sala, eu, menino ainda, nem me dava conta de que ele ia envelhecendo de mansinho, como a mãe, o tio e todo mundo — só alguém, distante, é capaz de perceber a escrita sutil do tempo em nós —, embora eu, igualmente, sentisse que o meu corpo não me cabia mais, era como uma roupa apertada, eu queria me expandir, já tinha desejo de lhe dizer umas coisas, *pai, pai*, mas não sabia ainda como, eu não era corajoso o suficiente para expressar a minha felicidade de estar com ele, a vida concentrada em nós dois àquela hora, tudo o mais em suspensão, e, por isso, sempre quando estávamos perdendo o jogo, eu pegava as almofadas sobre o sofá e as apertava contra o peito, como se, daquele jeito, pudesse consolá-lo, ou, ao contrário, quando a vitória já nos era inescapável, eu as atirava para o alto, e aí sentia toda a sua satisfação, o sorriso do pai ia se abrindo também em meu rosto.

Mas veio o tempo da separação, cresci e fui estudar em outra cidade, e, se não era possível mais ver os jogos juntos, ligávamos, depois, um para o outro e comentávamos as principais jogadas, *Você viu, filho, que belo chute?*; *É, pai, foi no ângulo, um golaço!*; *É, um golaço mesmo, sem defesa*; *E aquele drible do Rivelino, pai?*; *Um elástico e tanto, filho*; e eu, antes dessas conversas, enquanto ainda a partida acontecia, imaginava as reações do pai, ele nervoso com uma cobrança de falta, indignado com um erro do juiz, lamentando-se por um gol anulado, eu desejava que o nosso time ganhasse só para ver ele feliz, havia anos que o pai não via o Corinthians faturar um título, eu mesmo não tinha visto uma única vez. Estávamos na fila e continuaríamos por muito tempo, até depois de sua partida definitiva.

Foi com ele que eu aprendi a gostar de futebol e, mais à frente, a frequentar estádios para ver os jogos ao vivo, como se pelos meus olhos o pai pudesse ver os jogadores de perto, flagrando cada lance no instante mesmo em que se davam, sem rádio, tevê ou telefone entre nós e a realidade. Foi com ele que eu aprendi a gostar de futebol, e hoje, hoje, depois de tantos anos, em pé nesta arquibancada, no meio desta imensa torcida, que já começa a soltar foguetes, falta apenas um minuto para acabar, o Corinthians finalmente vai ser campeão. Um véu de fumaça flutua à minha frente, meus olhos vão se inundando aos poucos, e, sem a presença do pai, eu — agora, eu saberia o que dizer a ele! —, agora, estou aprendendo que a alegria de uma vitória jamais será plena se estivermos sozinhos.

# COMO A LUZ

As horas vividas estão todas lá, prensadas naquele escuro, e não retornam à luz nunca mais, se o presente não as chamar. Então, o meu tempo de convivência com o tio — eu adolescente, ele já nos cinquenta —, de súbito, emergiu das trevas, quando a mãe, pelo telefone, me informou, apreensiva, *Ele está muito doente...*

O rosto do tio relampejou, de uma só vez, na minha lembrança, e, em seguida, suas mãos — suas mãos tão pacientes quanto ele diante dos objetos quebrados, que, graças a seus reparos, retornavam ao uso. E, antes de a mãe mencionar o que ele tinha, eu disse, *Não há de ser nada*, como se as minhas palavras, uma vez pronunciadas, tivessem o poder de lhe restituir a saúde.

O tio, o tio me encantava com os seus feitos, ele sabia lidar com as coisas, ele as convencia em silêncio a se juntarem a outras, o fio ao interruptor, a borracha à torneira, a solda ao circuito. Por sua perícia, o ferro se deixava moldar — o tio cortava parafusos com facilidade, desentortava arruelas, inventava peças, industrioso e transformador.

Quando ele abria a sua caixa de ferramentas, os objetos, no chão, sem esperança, logo iam encontrando seu devido lugar, voltando a mover a máquina da qual haviam se soltado.

Vazamento na pia, cabo novo nas panelas, cabides para a porta do banheiro, tacos mal colados no assoalho, corda de varal frouxa, não havia pequeno conserto que o tio não fizesse, a gente notava o seu contentamento diante do desafio. O tio, às vezes ajoelhado em meio a parafusos e chaves de fenda, parecia pedir ao Universo aquelas coisas com defeito, para, humildemente, recuperá-las.

Mas a que o tio mais se dedicava não era o manuseio do martelo e do serrote, nem os reparos na rede de água, tampouco a produção de canecas com latas de óleo; o tio aumentava de alegria quando se deparava com algum problema elétrico: interruptor, tomada, lustre, chuveiro, fosse o que fosse, lá ia ele com seus apetrechos, duplamente motivado, para lhes devolver a vida.

Lembro de uma manhã em que ele veio visitar a mãe e, pela janela da sala, viu um abajur deixado pelo vizinho na rua, junto ao saco de lixo. O tio foi até lá e o recolheu, para minha surpresa e da mãe, que perguntou, *O que você vai fazer com isso?*, e ele, *Vou consertar*, e a mãe, *Mas isso não tem conserto*, e o tio, *Tem, sim, você vai ver...* A mãe demorou para ver, mas eu não. Fui à casa do tio no dia seguinte e vi quando ele ressuscitou aquele abajur. O tio já havia lixado a base de madeira e pintado de branco. Trocara o fio carcomido por um novo e adaptara um interruptor de cordão. Quando cheguei, estava colocando uma cúpula sobre a base. *Que tal?*, ele me perguntou. Os meus olhos responderam, grandes de espanto. O tio pegou uma lâmpada-vela e encaixou no bocal. Com muita delicadeza, puxou o cordão — e a luz se fez!

Mas, se era preciso paciência e talento para consertar coisas que, aos olhos dos outros, não tinham mais utilidade, com o tio aprendi também que, em certos casos, não há mesmo remendo. Lembro de uma tarde em que eu, ao entrar em casa correndo, derrubei a luminária da sala, que se quebrou. Pensei que fosse a lâmpada, troquei-a, mas o defeito continuou. Levei-a, então, para o tio, convicto de que ele a recuperaria. Porém, mal examinou a peça, ele disse, *Não tem mais conserto...* Eu não percebia grande dano na luminária, apenas um amassado na haste, embora soubesse que algo nela havia se rompido. Por isso, insisti. O tio me olhou bem fundo, *Não tem mais conserto*, repetiu ele, de cujas mãos eu vira tantas vezes a luz nascer, para meu fascínio.

A voz da mãe, ao telefone, distante, me pergunta, *Você está me ouvindo?*, e eu não consigo responder, só vejo o tio à minha frente, com aquela luminária nas mãos — tudo o mais, ao meu redor, se apaga.

# O SÉTIMO DIA

Não era nada,
só um domingo.
E o sol, o sol, sujo ainda de noite, se insinuava aos pés da manhã, com respeito,
embora,
aos poucos, e definitivamente,
haveria de escalar
seu corpo inteiro,
até afogar uma a uma
todas as sombras
remanescentes.
O filho,
que ali estava para passar o fim de semana,
dormia no quarto ao lado.
Ele,
pai,
se levantara havia horas,
a presença do filho,
como um despertador íntimo,
chamava-o,
desde cedo,
quando o novo dia ainda se formava no útero do tempo,

e, a fim de atender àquela ordem,
uma ordem que lhe fazia ser mais livre,
saltara, feito um peixe, de seu aquário de sono
e retornara à realidade,
aqui fora
— podia senti-la agora, sólida, se não entre as mãos, diante de seus olhos, que viam,
pela porta aberta,
o filho encolhido na cama,
não mais uma criança,
aquela que seguia, intata, correndo em suas lembranças,
ali,
naquele quarto,
manhã de um domingo,
o rascunho de um homem,
mesmo inerte,
ia ganhando — com imperceptível rapidez — contornos imutáveis,
era a vida,
e seu lápis,
silenciosamente,
em ação.
O pai saíra de seu quarto, ia em direção à cozinha preparar o café,
mas, ao atravessar o corredor,
deteve-se à porta do outro quarto,

apoiou a mão no batente,
imóvel,
mirando por um instante o filho adormecido,
numa posição
em que também poderia ser visto
de costas
por alguém que passasse na rua
tão próximo à sua janela
aberta para o sol
e para o mundo
que recomeçava,
uma vez ele desperto,
os olhos abertos ou não.
Não tardaria para o filho voltar também
à vida,
aquela que o esperava
do lado de fora
— a vida de dentro, sempre mais suave,
fossem de sonho ou pesadelo suas margens —,
aqui, onde o real, ao primeiro contato,
mostrava toda a sua ferocidade,
exigindo que o tornassem manso,
com as mãos ou, até mesmo, com o olhar,
e, claro, havia quem o tentasse,
porque não sabia fazê-lo de outro modo,
como esse pai,
unicamente com as palavras.
Ele estava ali,

no corredor,
entre dois continentes,
egresso de um quarto
e sem entrar no outro
(não podia ocupar o que não era mais seu,
o tempo do pai jamais será o tempo do filho),
ele estava ali,
no corredor,
não num instante de ação,
nem de preparo,
e sim de espera,
porque a espera
é a hora onde tudo está se resolvendo por si,
quando não cabe fazer, nem não fazer, seja o que for,
os fatos já estão feitos,
mas é só no momento seguinte,
finda a expectativa,
que se vai saber
o que, em verdade, se sucedeu.
E, de repente,
era naquele espaço mínimo,
de passagem,
na estreiteza daquele instante,
que ele se dava conta
de seu sentir
grande
— pelo filho —,

tão grande que não tinha mais
como avançar, senão aos poucos,
e de forma irreversível,
para o seu fim,
o nada,
que, um dia, aos dois
surpreenderia,
ou apenas a um,
deixando ao outro
a parte do amor que lhe cabia,
a dor em dobro,
a saudade,
que só se extinguiria
quando esse também se fosse.
A casa estava quieta,
como um lago
prestes a receber
o vento que ondularia suas águas,
os pássaros, na rua em frente,
bicavam aqui e ali
a manhã
com seu canto,
o café e o pão e a manteiga e as frutas
esperavam as mãos do pai
para saírem de seus guardados
e chegarem à mesa,
onde,
uma vez tocados pelos dois,

os dedos longos do filho
iguais aos do pai,
diriam
o que só os objetos
eram capazes
de dizer por eles.
O mundo, em seus infinitos arranjos,
seguia engendrando tramas engenhosas,
secando sonhos
e esmagando desejos,
enquanto o pai
pensava apenas no filho,
que, ali recolhido,
ia se inflando de homem
e, sem hesitação,
no declínio da tarde,
se poria em marcha
para, depois de outros (muitos) dias ausentes,
retornar de novo àquela casa,
os dois o tempo todo indo embora
(provisoriamente)
um do outro.
O pai pensava em tudo o que eles não eram mais,
   a colher dera lugar ao garfo,
   e, sobretudo, no que eles deixariam de ser naquela própria manhã
   com o passo das horas.

Não era uma plena calmaria o que ele experimentava,
tampouco um vértice de tristeza,
era apenas o que era — a vida —,
e, por isso, ao ver o sol alcançando já os seus pés,
a subir, sem pressa, pelas paredes do corredor,
o pai entrou no quarto em frente,
cobriu o filho com o lençol
e desceu a escada para preparar
lá embaixo, na cozinha,
o café da manhã.
O rumor de um avião ecoou, distante.
Eles, o pai e o filho,
tinham o dia inteiro,
o dia inteiro
para viver juntos:
era só (mais) um domingo.

# NATIVIDADE

O casal já sabia: a menina nasceria no outono. Os dois, cada um a seu modo, esperavam-na para os primeiros dias de abril. A mulher, trazendo-a, inteira, dentro do ventre. O homem, sem nada no corpo, senão os olhos que o anunciavam como um pai a caminho.

Mas, no último dia de março, a mulher acordou modificada, não se sentia mais quem ela sempre fora, ou na certa era o mundo, que, seguindo igual, nela se diferenciava. Não lhe cabia mais, inteiramente, a outra vida — que, até ali, ela produzira —, a outra vida, madura, queria o lado de fora, exigia que a libertasse do casulo. A outra vida, para crescer definitiva, urgia passar pela prova, inadiável, da separação.

A mulher, ainda deitada, percebeu o nascer e o morrer, repentinos, de uma contração. Manteve-se muda, como se qualquer palavra pudesse dilacerar a certeza que, num instante, tomara conta dela. Era o que tinha de ser: a hora. Esticou a mão com o intuito de avisar o marido. E ele, pelo toque dos dedos dilatados em seu ombro, entendeu. Não tinha experiência no assunto, mas se especializara em amar aquela mulher: assim, ergueu-se, rápido, e sentou-se na beira da cama, de frente para ela. *Tem certeza?*, perguntou, a voz sitiada pelo silêncio. *Tenho*, ela respondeu, movendo a cabeça, já vinha experimentando uma e outra contração, a certo intervalo, antes do amanhecer.

O homem permaneceu ali, suspenso na penumbra do quarto, pronto para que o destino agisse a partir dele. *Então, vamos!*, disse para a mulher e, acariciando-lhe os cabelos — negros e lisos, como talvez fossem os da menina —, ajudou-a a se levantar e a acompanhou até a porta do banheiro.

Ambos não tinham ensaiado nada — nem era preciso, bastava que fizessem o que era, nessa manhã, o comum de todos os dias: se lavassem, se vestissem e sentassem à mesa para beber o café que o marido prepararia. Nos últimos meses, ele assumira outras tarefas da casa, desempenhadas anteriormente por ela; a de maior cuidado, contudo, era zelar pelo corpo da mulher, que a semente dele alterara: ajudá-la a guardar os seios (agora grandes e pesados) no sutiã que mal os suportava, subir-lhe o zíper do vestido (um dos únicos que ainda serviam nela), calçar-lhe as sandálias nos pés intumescidos.

E assim eles procederam, quase sem se falar, tentando dirimir a inquietude que a força de uma nova vida sempre traz, pela inevitável possibilidade de arrastar, juntamente, a angústia e a alegria. Mas, mesmo que não desejassem, uns dentes de preocupação se mostravam (sorrateiros) nos gestos, aparentemente naturais, de ambos. Eram virgens diante daquela situação; escalavam, aos poucos, no tempo justo, o ápice do aprendizado.

O marido observava a mulher às furtivas, embora quisesse contemplar, devagar, o rosto dela, deformado pelo inchaço, antevendo em seus traços os da filha, que, em poucas horas, estaria, como os dois, exilada da paz uterina. Admirava-a. Ela, com seus temores pueris, lá estava, altiva, domando o medo, humildemente. Aos seus pés, a pequena mala (uma muda de roupa para si) e a bolsa (os *bodies* e as fraldas para a menina).

O homem apanhou a mala e a bolsa e perguntou, *Está pronta?* No futuro, a dor seria também dele, mas aquela, que se acercava, era só dela, e ele queria poupá-la, ao máximo, de outros (não obstante menores) pesares. A mulher, com um meneio de cabeça, respondeu, *Sim*, como uma folha a cair no outono, ciente de que jamais retornará à sua árvore.

O casal seguiu lentamente para a garagem. Ele colocou a mala e a bolsa no banco de trás do carro e, em seguida, abrindo a porta para a mulher, amparou-a até que ela se acomodasse à frente.

Miraram-se. Nenhum cisco de pressa no olhar de ambos. Apenas a apreensão, natural, de quem ignora como será, de fato, não no imaginário, o momento grande que se aproxima. Porque os eventos, desenterrados da realidade, nunca são (nem serão) como os sonhamos. Eles sabiam que, das primeiras contrações ao nascimento, a travessia seria medida em horas, não em minutos.

O homem se afastou, foi em direção à casa, para fechá-la. A mulher se manteve sozinha, as mãos acolhendo o baixo-ventre, como quem segura o globo não sobre as costas, igual a Atlas, mas com ternura, junto ao colo. No banco de trás, o silêncio se instalara ao lado da cadeirinha vazia, na qual, em breve, a menina voltaria da maternidade, dormindo.

No caminho, o marido telefonaria para o chefe, que, nos últimos dias, já estava de sobreaviso. E não havia mais ninguém a quem avisar. O pai dele se fora anos atrás; à mãe, idosa, não cabia viver o *durante*, e sim o *depois*, quando, em ambiente sereno, poderia ter a neta entre os braços. A menina nem nascera e umas perdas já a esperavam. Mas também havia os ganhos: os avós maternos estavam por perto, numa cidade vizinha. Poderia contar com eles, da natividade em diante. A menina nem nascera e sua história, havia tempos, se iniciara. Numa mão, as oferendas. Noutra, as ausências, igualmente, dadas.

O marido e a mulher sabiam que aquele era um momento para se lembrar, vida afora. Mas, como tantos outros, um momento ultrapassado, pois outro já se alteava e, tomando-lhe o lugar, os impelia para adiante. No carro, ela continuou de olhos fechados, sentindo que a menina, como uma folha, lentamente ia se desprender de seu abdome. Ele se dirigiu ao portão da garagem e o abriu. A casa ficou quieta, entregue aos seus espaços vazios, onde o sol do outono, entre pisos e paredes, se alongava. Em breve, muito breve, os dois retornariam para lá, com ela: a nova vida.

# IRMÃ

Irmã, irmã, lado bonito, lado depois da gente, lado bom, lado antes, quando a gente já, aqui, mundo enorme, sem explicação, a gente no mistério, saindo adiantado do líquido revelador, e aí, irmã, irmã, irmã atrás, o ventre da mãe, lua minguante, irmã chegando, depois, irmã, irmã na ciranda, irmã rindo, irmã sofrendo a existência logo atrás, mesma trilha, irmã, irmã, lado bonito da gente, se a gente é capaz de ver beleza no quase nada, irmã, a vida menos triste, irmã, igual à gente, só que a gente na frente, a encarar a imensidão, a gente primeiro diante do espanto, irmã atrás da gente, a gente tentando proteger, a gente barreira contra a dor, embora a dor, a dor, irmã, sempre lá, pra doer na gente, e na irmã, irmã, lado bonito da gente, e a gente que lado da irmã?, irmã lado, do nosso lado, menos solidão, irmã não pra gente poupar, irmã pra gente amar, irmã aos nossos olhos sempre bonita, sempre criança, com trança nos cabelos, irmã sempre bonita na sua fantasia de borboleta, de anjo também, bonita, tão bonita, irmã, a nossa irmã, linda no desfile, irmã, ferida dentro de nós, e a gente adiante, vivendo antes o que vem, a gente escudo do não, pra irmã, irmã lado bonito, irmã com o jeito da gente, quase igual, as sobrancelhas, o risco no queixo, dedo torto do pé, irmã a gente olhando, a gente mesmo se vendo, espelho melhor, lado bonito, lado que a gente reconhece, diferente, irmã no quarto com medo do escuro, da lua grande, lua de fim dos tempos, irmã graciosa, papel e lápis de cor, um desenho pra gente, fiz pra você, desenho tosco, mas bonito, lado bonito, irmã, o seu mundinho começando, e o mundão a avaliar, a julgar a sua arte, irmã lado bonito da gente, a gente de mão dada com irmã, pra atravessar a rua, o planeta, o deserto, irmã oásis, palmeira, as folhas em seus olhos, as folhas se movendo, verdes, em seus olhos, irmã, ao lado da gente, direito, esquerdo, pouco importa, irmã, lado fundo, lado oculto, lado pra todos verem, lado pra gente apresentar, esta é minha irmã, irmã ao lado da gente, a gente mais bonito, irmã quase a gente noutra pessoa, outra pessoa quase na gente, irmã lado antes da gente, irmã sim, irmã sem saber ainda as letras, comecinho do dicionário, a gente sabendo mais, quase tudo, o dicionário inteiro das perdas, irmã, um ano depois da gente aqui, mundo sem fim, mundo seguindo sem a gente, sem a irmã, mundo sem pedir pra ser mundo, mundo sendo, irmã, irmã, sem bússola, irmã só um ano depois da gente, a gente já na aflição, irmã, irmã, lado bonito, irmã na sombra enquanto a gente luz, e a gente, a gente sabendo da sombra, sombra maior, imensa, enquanto irmã na luz, irmã, irmã, lado bonito da gente, irmã logo, logo na sombra também, irmã, irmã bonita, irmã fim, às vezes, antes de nós, a gente depois da irmã, mesmo se aqui antes, a gente só, de novo, por que não irmã depois, irmã lado bonito da gente, e a gente sem esse lado, bonito, a gente sem irmã, irmã indo embora antes, por quê?

# PERDÃO

Você nunca disse
— e eu agradeço, mãe, por me deixar,
sozinho, descobrir mais esta verdade —
que as coisas por aqui não eram justas,
nem seriam em outro mundo,
para além da nossa compreensão,
não era
nem nunca seria o caso
de esperar justiça,
porque jamais teremos à mão,
como um ramalhete,
todos os fatores para considerar,
enfim,
com rigorosa certeza
o que é justo
e o que não é;
não, você nunca disse,
eu tive de aprender fora de casa,
onde tantas vezes damos
com lições contrárias
às que nos foram ensinadas
à mesa do jantar,

à cabeceira da cama
ou diante da janela,
cujo recorte
só nos permite ver
como é a paisagem
sem nós;
eu mesmo tive de aprender,
depois de acomodar
no meu forro
tudo o que vivi lá fora,
que nada por aqui
se pode fazer
para tornar as horas
menos doloridas
e o abismo mais raso,
a não ser perseguir
uma única meta
com suas duas faces:
perdoar, de um lado,
pedir perdão,
de outro.
Por isso, eu te peço
— embora às mães não se deva pedir nada —
perdão,
perdão por só agora compreender
que você nada sonhou para mim
senão que eu fosse viver
a vida que me cabia,

    e o que, em meu juízo, parecia ser uma distração sua
    era, em verdade, uma postura sábia,
    não por você ter herdado grandes saberes misteriosamente,
    mas porque apenas quem se torna mãe
    os alcança
    de súbito
    (e de uma só vez!),
    basta a chegada
    do primeiro filho,
    é ele quem lhe dá
    (sem que o saiba)
    tudo o que ela vai
    dar depois
    ao longo da vida
    para ele mesmo
    e para os outros
    que porventura
    venham
    de seu ventre.
    Peço que me perdoe
    por eu nunca lhe ter dito
    aquilo que você sabe,
    mãe,
    não teria sido tão sincero
    quanto o é enunciado
    pelo meu silêncio,

eu não saberia com quais palavras
minhas
(nascidas das suas)
serenar os seus temores
e deter, como você fazia
com a minha febre
nas noites
de minha infância,
a sua suspeição
— toda mãe sabe
(pelo olhar ela colhe)
qual é o caminho
que, então,
o seu filho percorre,
mesmo que ele
simule estar
na direção oposta;
só quem penetrou
inteiramente no interior
do espelho
pode reconhecê-lo
quando ele se mostra
do avesso.
Peço que me perdoe
por eu não ser tão terno
como você sempre foi comigo
(por que, de uma vida para a outra,
nessa se torna escasso

o que naquela transborda?),
por eu não te dar
a atenção
(por que aprendemos a nos dar
com quem nada tem,
a não ser a si para ao outro
se entregar?),
a atenção que me dá
mesmo estando nessa etapa
em que você é quem precisa
de maiores cuidados,
o sorriso que você abre
ao me ver chegando
das ruas do sono
esconde um a um
os seus ossos porosos,
o seu coração exausto,
as suas vistas neblinadas,
os signos todos
que anunciam para breve
a sua retirada.
Eu te peço perdão
por ficar tanto tempo distante
e surgir
inesperadamente
para te fazer esta visita
tão curta
(a você que me habita ao máximo),

dois dias apenas,
este sábado e este domingo,
para estar com quem
me deu todos os dias
desde a minha
(são quase quarenta anos)
chegada.
Eu peço que me perdoe
nesta manhã de verão,
à mesa do café,
o pão crocante
(que você foi buscar)
entre nós dois,
umas frutas já passadas,
que, vendo-as
nos meus olhos,
quando as miro
dispostas com zelo
na velha travessa
(lasca da memória),
você se apressa a dizer
que não são das melhores,
mas são as únicas
que ali, onde eu nasci,
se podem encontrar,
que eu me sirva à vontade,
coma, coma,
se eu pudesse, meu filho,

eu mesma plantaria
e cultivaria outras
bem mais viçosas
para o teu agrado.
Eu te peço perdão,
mãe,
porque não sei te dar o sol
que sobe pelo meu rosto
e faria tão bem à sua esperança
recebê-lo, como uma flor,
de minhas mãos.
Eu te peço perdão
por te contar, sem detalhes,
assim, por cima,
o que andei vivendo
nos últimos meses,
embora saibamos
que não há outra maneira
de dizer ao outro o que vivemos
senão exibindo a sua casca,
pela impossibilidade
ou pelo temor de sentir
outra vez os eventos passados,
sempre os contamos,
assim, por cima,
sem ir ao fundo,
cabendo a quem ouve
contar ao seu íntimo

os fatos exteriores,
mesmo sendo fatos vividos
por quem está em nós
há tanto tempo
como nós mesmos.
E eu te peço perdão,
mãe,
desse jeito
que só você sabe entender,
sem eu dizer nada,
dispensando essa linguagem
que para os demais
é a única capaz
de evitar a cisão
e produzir o enlace.
Eu te peço perdão,
mãe,
pelas poucas horas
que me deixei aqui
para você
e por tudo que eu sou
(também pelo que eu
não consigo ser).
Eu te peço perdão
com este aceno
de mão,
agora,
ao entrar no carro,

quando
eu estou,
de novo
(você, eterna, à porta de casa),
indo embora.

# ESCURO

Ele está aqui, no escuro, ao meu lado, em silêncio, os olhos presos à tela, mas, ainda que a trama do filme seja engenhosa e exija atenção, eu sei que ele não se distrai totalmente de mim, a minha presença, discreta, lhe assegura que estamos envoltos na película do mesmo instante, como o corpo dentro da roupa.

E, igual a tudo, esse nosso hábito começou de quase nada, ele era criança, eu o pai que viajava a semana inteira — naquela época, eu pensava que, quanto maior a distância, mais próximo eu estaria dele —, e, se o sábado era o nosso dia de encontros vívidos, quando jogávamos bola e andávamos de bicicleta a tarde inteira, o domingo era para partilharmos umas horas suaves e para que ela, a mãe, pudesse descansar de nós. Assim, depois do almoço, eu e ele saíamos para ir ao cinema. Não importava o filme, eu queria apenas estar junto do meu menino e de mim (de quem também me apartara), e ele, saído do mesmo molde, se mostrava feliz com a minha companhia e o saco de pipoca, que carregava como um tesouro.

Entrávamos sem pressa na sala em penumbra — e, embora tenham sido muitas pelos cinemas da cidade, nunca deixaram de ser a mesma e única sala —, ele subindo as escadas de dois em dois degraus, não porque quisesse fazer graça, mas tão somente porque era uma criança, e só mais tarde descobriria que nunca se devem saltar etapas, mesmo numa brincadeira. Eu lhe dava a mão para evitar que tropeçasse, e ele ria, demorando para esticar uma perna e recolher a outra, obrigando-me a rebocá-lo com cuidado.

Então, sentávamos — e cada um ocupava o seu lugar no outro. Desfrutávamos a espera, como se ela fizesse (e fazia) parte do filme, ao contrário de outras pessoas que continuavam conversando e nem ligavam para a história que, ali dentro, antes de iniciar a projeção, para nós já começara. Às vezes, eu fechava os olhos, não por cansaço, nem para lembrar que minha vida descia velozmente rumo à sua foz, mas para sentir a felicidade de reabri-los e ver meu filho, imóvel e menino, ao meu lado, como se para sempre.

Depois, começava o filme, e era a hora menor — coisa que só eu sabia nos primeiros anos —, a hora de sentirmos medo, apreensão, espanto, fosse o que fosse, porque a hora maior era estarmos juntos, no escuro, cotovelos se tocando, a respiração em ritmo simultâneo, o tempo, imperceptível, levando-nos, pela mão, para o fim.

Ele está aqui, no escuro, à minha direita. Deixamos o sol e as palavras lá fora. E, agora — um dia eu haveria de me dar conta! —, eu vejo quanto ele cresceu; na verdade, eu já sabia, mas me negava a aceitar; seus pés tocam firmes o chão da sala, e antes, antes as suas pernas, tão curtas, ficavam suspensas, balançando. E muito antes, quando ele era menor ainda, eu tinha de encaixar um suporte sobre a sua poltrona para que pudesse ver a tela, inteira, lá adiante.

Ele está aqui, no escuro, à minha direita. E, ao contrário de todas as outras vezes — foram dezenas de sessões a que assistimos —, eu não cochilei na hora do trailer, nem no começo do filme, e não porque, no escuro acolhedor, percebesse que ele não precisava mais de minha proteção, não: uma estranha lassidão me invadiu, e, embora nunca a tenha sentido antes, o sono me pesa agora nos olhos justamente quando o final se aproxima.

Eu sempre senti um assombro ao retornar à claridade e ver nós dois, juntos, com nosso rosto e nossas mãos e nossa vida inteira de novo à luz. Invariavelmente, eu perguntava, *Gostou, filho?*, e ele respondia, *Gostei, pai*, ou, quando não, se a trama não tinha sido plenamente assimilada, ele nada dizia, apenas movia a cabeça em sinal de sim, que era também um pedido de silêncio — ele queria ainda alcançar o núcleo do entendimento.

Sei (e ele também agora!) que uma hora, ao voltarmos à luz, eu não estarei mais aqui, como sempre tem acontecido. Eu, então, vou me sentir leve, igual a uma partícula de poeira, vou levitar, afastando-me de minha poltrona, e flutuar em direção ao facho de luz que projeta o filme. Lá, com certeza, vou pairar nas alturas e ver o meu filho, sentado, os pés presos ao chão, sozinho.

E ele, ele não estará voltado para o que passa na tela, ele estará me vendo e me reconhecendo de outros tempos, me reconhecendo, pai, na fina poeira que irá desaparecendo no escuro. E só nós dois saberemos o tamanho infinito de sua solidão.

Eu gostaria que essa hora não chegasse. Eu suplicaria ao Universo para que essa hora não fosse agora. Mas, inevitavelmente, eu me sinto leve, igual a uma partícula de poeira, e começo a me desprender desta poltrona.

# ESPIRAL

Era sempre ao entardecer, quando as sombras se depositavam, devagar, sobre todas as coisas. O pai chegava da rua, o dia inteiro de trabalho no seu corpo, o cheiro ácido das dobras da pele, o suor bruto. A noite vinha com ele, logo atrás, sorrateira. O pai seguia para o banho, a mãe para o fogão esquentar a comida. Nós, filhos, à solta pela casa: um no quarto, outro na sala, eu na cozinha, observando a mãe. Todos fingindo, talvez sem saber, que a vida não era o que era, dona do nosso fim, a gente fazendo o mais importante para nós naquele instante, esquecidos da espessura do tempo que ia se afinando. Lá fora, passava um carro. A voz de um vizinho soava acima dos muros. Alguém ligava a televisão, e apenas seu som nos alcançava, propondo à nossa atenção uma imagem correspondente. O pai se sentava à mesa, nós ao seu redor, com perguntas, olhares, quereres. Contávamos uns aos outros algo do nosso dia: minha lição de casa, a tabuada do sete. O desenho de meu irmão: tosca nave espacial. Nos pés de minha irmã, a sandália prateada. Nessa tarde, a mãe trouxe uma laranja.

O pai pegou a faca. A espiral da casca foi saindo, inteira, de suas mãos. Os gomos, o sumo. O mais marcante não era nem a faca nem a fruta, mas a sede do pai. A sua boca sugando as gotas. Nessa tarde — que revejo pela escrita —, estávamos ali, e eu ignorava o poder (futuro) daquela cena em mim: era a estação do não saber. Contudo, um dia, até os ingênuos despertam, ou são atirados, para o saber. Estávamos ali e nem imaginávamos que o pai e a mãe se separariam dois anos depois. No ano seguinte, ele não voltaria jamais de uma viagem ao Sul do país. Estávamos ali e não sabíamos que a nossa simples presença era a plena presença, não sabíamos que a nossa existência operava numa voltagem sublime, essa voltagem que se faz astutamente mínima para ocultar a sua potência desintegradora. Agora, estamos em outra tarde, anos e anos à frente. Minha mulher, sentada no sofá, folheia uma revista. Meu filho adolescente se entretém com um game. Maria, no tapete, brinca com sua boneca. Há também na casa um cachorro, a dormir no piso frio. Estou diante desta folha, escrevendo, e os observo, alheios a tudo o que o momento deseja que eles saibam. Pela janela, vejo o imenso sol laranja flutuar no céu. Fecho os olhos e sinto a pólvora da paz queimando meu ser. Estamos aqui, e cada um se assemelha à conta de um rosário, ao trecho (esquecível) de uma prece.

Morre-se a toda (e a qualquer) hora. Minha mãe e meu irmão já se foram. Em breve, ou com demora, seremos nós. A noite vem vindo. Mas, enquanto ela não chega, definitiva, eu ponho todo o meu saber de lado e deixo a gratidão invadir minha existência. Essa existência cuja casca vai saindo, como uma espiral, silenciosamente, de minhas mãos.

# ALFABETO

Eu tinha oito anos, estava na escola, aprendendo as primeiras letras. E aquele era o tempo, o tempo de descobrir que as coisas, sem deixar de ser o que são, coisas, podem estar no seu "a" inicial, no seu "m" a meio caminho ou no seu "z", quase se transformando já em outra coisa. Eu ainda não sabia, mas aquele foi o tempo em que eu, de repente, eu soube que é assim — e, se assim é, o que mais me desafia, como num jogo, é saber em que ponto do alfabeto as coisas estão. Não que seja sempre possível mudá-las, mas, ao menos, eu posso ser, a qualquer momento, diante delas, um homem a desfiar seu alfabeto de suspeitas.

Não me lembro com exatidão de quando comecei a buscar nas coisas a sua letra correspondente, nessa escala de "a" a "z", e que se tornou para mim, dali em diante, mais do que um hábito, uma obsessão. Mas foi no Natal daquele ano que eu percebi as letras se movendo pela primeira vez à minha frente, quando a vó Maria entrou em casa com uma bengala, amparada pelo pai — havia meses que eu não a visitava, ela vivia noutra cida bem distante da nossa, como o "p" do "b". Eu sabia que a sua história era longa, a vó Maria, ainda menina, no seu "e" ou "f", tinha vindo de navio da Itália para cá, numas daquelas levas de migrantes em fuga, depois da Primeira Guerra Mundial, e, embora sempre demonstrasse saúde sólida, naquela noite, vendo-a caminhar tão vagarosa, quase a se arrastar, eu senti que ela seguia, definitivamente, do seu "x" para o seu "z". Talvez por isso eu tenha ficado junto dela a ceia inteira, eu, menino, ainda no meu "b" ou "c", mas já desperto para os abecedários que se acendiam ao meu redor. Desde o "a" daquela noite, passando pelo "m" e "n", até o seu final, eu cuidei da vó Maria: levei à cozinha o seu prato com restos de peru, trouxe-lhe o copo de guaraná, dei em suas mãos a taça de sorvete.

De fato, eu estava aprendendo a ler daquele 'to, porque a vó Maria não veio no Natal seguin-
o "a" de sua ausência não tardou também a
r letras e mais letras até chegar ao "t" do
to. Eu ainda ignorava que o ponto de
das coisas, o seu "p" maiúsculo, po-
'tamente, engolindo etapas, o "c"
um instante, o "q" retroceden-

eu primo da capital, le-
ao "w" de um minu-
crescido, eu também, e,

quando o carro do tio estacionou rente ao meio-
-fio, eu e o Beto nos observamos pelo vidro aberto, os dois maiores na alegria do reencontro, sem
nada a dizer um ao outro senão *oi*, e nesse *oi*, tanto
quanto dias depois no momento do *tchau*, cabiam
todas as grandezas que iríamos viver no quintal de
casa, no selim da bicicleta pelas ruas da cidade,
nesse *oi* estava o *tchau* para a tristeza, no momento do *tchau* estava o *oi* para a lembrança, a última
letra de um alfabeto puxando a primeira do outro.

Assim também o "s" de satisfação quando o pai
chegou com o Lico, e o Lico farejando os meus pés,
o Lico pedindo com seu débil latido as minhas ca-
rícias, o Lico sabendo ler algumas letras em mim, o
Lico, quando eu me sentia triste, encolhendo-se ao
meu lado, solidário, embora incapaz de me tirar do
"t" da tristeza e me levar, novamente, para o "a" de
uma alegria. O Lico, eu às vezes atirava um chinelo
para ele buscar, eu e ele no máximo da brincadeira,
o Lico latindo alto, latindo, latindo, até que o silêncio começava o "s" de uma nova série, amordaçan-
do, num instante, o abecedário de seus ruídos.

Mas os silêncios do Lico não ultrapassavam
ainda o "d" ou "f", longe de seu extremo definitivo, ao menos eu supunha, eu imaginava que o Lico
ia crescer comigo, um ano a mais em minha vida,
sete na vida dele. Então, eu lá na mesa da copa,
fazendo a lição de casa, o sol estertorando no "t"

da tarde, seguindo rapidamente do "u" para o "v", e, de súbito, o som da freada brusca de um carro, e o Lico, que atravessava a rua, eufórico com a sua liberdade lá fora, o Lico, o Lico num instante no seu "z". O Lico no seu "z" e a saudade começando a se escrever em mim, pegando a minha mão para desenhar vagarosamente o círculo e a perna do "a", enquanto meus olhos iam derramando um idioma inteiro de espanto.

Semanas antes, a gente lá, no aniversário do pai, o Lico ainda cheirando os sapatos dos convidados, na metade de seu alfabeto, eu sem desconfiar que as suas últimas letras iam chegar depressa, mas, por outro lado, eu já sentindo que a paciência do tio Raul com a tia Rosana, que fumava um cigarro atrás do outro, tagarelava sem parar e estendia a taça para as garrafas de vinho, a paciência do tio Raul estava passando velozmente de uma letra para a seguinte, e eu, antes mesmo que a tia Rosana virasse a página, erguendo o braço para apanhar um salgadinho, eu sabia que o tio Raul ia estourar e uma discussão haveria de irromper, e foi o que aconteceu, o pai e a mãe tentando impor com o "a", o "b" e o "c" de seus panos quentes um novo texto, mas a troca de palavras ríspidas entre os tios puxou logo, como um rastelo, o fim da festa — eu precisava prestar mais atenção aos abecedários do mundo.

A discórdia entre a família, no entanto, era apenas inaugural, o pai tinha uma história de intolerância com o tio Raul, que atingiu naquela noite o seu "h", e a má vontade de um com o outro subiu nas semanas seguintes do "f" para o "g", e, então, sobreveio o pior: a indiferença da tia Rosana, que não tomava partido nem a favor do marido, nem do irmão, mantendo-se num "c" sob controle, de repente caiu num "q" de defender o tio Raul com tanta veemência, que só restou ao pai tirar os dois de sua convivência — letras também fora da nossa história.

Se umas letras saèm, outras entram, e, quando a palavra *Curitiba* foi dita algumas vezes em casa, eu pensei que fosse parar no "b" ou no "i", mas ela avançou velozmente para o "u-v-x-z" e, seis meses depois, tínhamos nos mudado para lá, abrindo uma porção de "as", enquanto fechávamos com outros tantos "zes" portas e mais portas da vida familiar. E, se Curitiba se escondia tantas vezes no "t" de sua névoa sombria, inesperadamente revelava o "u" de uma rua graciosa, até então oculta para quem, desprovido do olhar de raio "x", não percebia o encanto que existe no "n" das cenas cotidianas.

Anos depois, aqui, em Curitiba, passeando numa manhã de sábado pela Ópera de Arame, foi que conheci Priscila, e, se o "i" de seu sorriso me arrastou até o banco onde ela estava sentada, o "v" suave de sua voz me prendeu, sem sequer eu cogitar que o "t" de meu destino seria atravessado primeiro pelo "x" da paixão e, depois, pelo "p" do desespero. Sim, numa noite, quando já vivíamos juntos, Priscila dormia ao meu lado e, como quem percebe um pássaro raro entre a folhagem, senti o "a-b-c" da desconfiança, mas, descrente, parei mesmo no "d", ajeitei o travesseiro e caí no sono. O "t" de sua traição só necessitou de mais um mês para, silenciosamente, alcançar o "u", saltar para o "v-x" e me esmagar no "z".

Eu tinha oito anos, estava na escola, aprendendo as primeiras letras. E aquele era o tempo, o tempo de descobrir em qual letra as coisas estavam. Não que seja possível mudá-las. Quase sempre já passaram do ponto de reversão. Talvez por não ter aprendido a ler direito, eu vivo tentando adivinhar, diante do meu alfabeto de perdas, a próxima letra. E, embora possa ser um "l", ou mais à frente um "p", tenho certeza de que o "a", de adeus, sempre vem junto dela, como uma sombra.

# ASSIM EU GOSTARIA

    Retiro de mim tudo o que não interessa, inclusive minha própria pele e, com a alma em carne viva, ardendo com o simples ar que a perpassa, assim eu gostaria que fosse, filho: você teria os seus oito anos, e eu continuaria sendo aquele que zela não pelo seu sono, mas pelo seu despertar, eu, como foi até aquela manhã em que parti, deixando você e sua mãe, eu seria a voz dessa sombra sorrateira, que te chamaria à consciência, *É hora de levantar, querido*, e você, igual a mim — me perdoe por ter te legado também esse defeito —, saltaria, assustado, menos pela emergência do momento do que pelo espanto de retornar, sem saber o motivo, à sua existência de menino; e, então, eu te daria a mão e o levaria ao banheiro, você, ainda aturdido com as aventuras que sonhava quando eu te acordei, se sentaria no vaso, e eu, ao seu lado, no tamborete que ali a sua mãe colocara justamente pra ficarmos um com o outro, a nossa única hora de convivência cotidiana, e aí eu te perguntaria, *Dormiu bem?*, e você, com certa preguiça, moveria a cabeça, afirmativamente, enquanto terminaria, sonolento, de mijar e, já se debruçando na pia, lavaria o rosto e escovaria os dentes como te ensinamos, eu a vigiar os seus movimentos e querendo saber qual teria sido o seu sonho, talvez pelo hábito de ouvir, a cada dia novo, ainda à cama, a sua mãe contar o dela, *Sonhei que viajava sozinha num navio*, e, súplice, me pedir para interpretá-lo, eu querendo saber, sim, o seu sonho, mas sem coragem de perguntar, porque você poderia, nesse quesito, ter se saído mais ao meu feitio do que ao dela, e, então, acordaria sem sonho algum pra contar, ou, mais triste, sem sonho algum pra se lembrar, num sinal de que só restaria mesmo a realidade em seus passos, e em duas ela se partiria, a realidade interina, paralisada, e a outra, esta, definitiva, que minhas palavras não podem alterar — nenhum verbo pode rasgar, como tecido, a consistência férrea dos fatos —, eu preferiria que você fosse um sonhador como sua mãe — quando crescesse, entenderia que só os sonhos nos fazem suportar a brutalidade do tempo; então, retornaríamos ao seu quarto, e eu abriria a janela e o sol pra você, e iria até o guarda-roupa e apanharia o seu uniforme escolar, dobrado na véspera pela sua mãe, à espera de seu corpo cálido, egresso de um mundo sem dores, mas também sem contentamentos, e pegaria também a meia branca previamente separada, e, às minhas costas, você estaria sentado na cama, os olhos fechados, despedindo-se do nada no qual estava envolto, ou, igual à sua mãe, saboreando o último gole de seu devaneio, *Vamos lá, levante os braços*, eu diria, e você, obediente, me atenderia, colaborando pra que eu retirasse a sua blusa do pijama, e aí, talvez, ao perceber minha cabeça na linha de suas mãos, me despenteasse os cabelos, mostrando-me, de súbito, que estava plenamente desperto, e sem saber quanto eu depois, por esses anos afora, desejaria novamente esse seu gesto, como o de qualquer menino — pra você seria só uma brincadeira, pra mim um momento imenso, desses que nos compensam de tudo o que perdemos por estarmos vivos —, e nós sorriríamos um para o outro, ambos, finalmente, prontos para retomarmos a nossa existência, mais fortes depois de nos aceitarmos, e você sequer imaginaria que, assim, tão displicente, estaria dando impulso para o dia seguir em mim, e eu, a fim de acalmar o ímpeto do meu amor (esse amor sufocado pela nossa irreversível condição), mais do que pela necessidade da hora, terminaria rapidamente de te vestir e te calçar o tênis, e você, atento ao meu silêncio, tantas vezes repetido em outras manhãs, seguiria, agora lépido, para a cozinha, onde a sua mãe estaria te aguardando para tomar o café da manhã; eu continuaria no seu quarto, sentindo o cheiro de sua noite no ar, os eflúvios de sua presença entre as paredes, a aragem fria da manhã se insinuando pela janela, e, então, arrumaria com esmero a sua cama, não porque fosse necessário, mas para manter meus braços ocupados com o seu pequeno mundo, assim, de alguma forma, estaríamos ainda juntos — como se não estivéssemos, como se a sua atual ausência pudesse te amputar de mim! —, e eu ouviria, atento e satisfeito, a alternância de vozes, você e sua mãe numa conversa comum, alheios à generosidade do destino, que, guiado pela indiferença, poderia não ter juntado os dois novamente ali, e logo, coisa de minutos, eu me reuniria à mesa também, a xícara sobre a toalha à minha frente, e, igual à sua mãe, que me pediria, *Me passe a manteiga, por favor*, a vida iria nos pedir ação, soterrando na memória de cada um o sabor do pão com manteiga e o aroma do café (para recuperá-los no dia seguinte, quando essa mesma cena, milagrosa, se repetisse), e, claro, seríamos breves — sempre somos, mesmo que não queiramos, e esse é o peso extra —, não haveria de durar quase nada esse encontro, embora sem ele seria como se o dia não tivesse começado, como se não pudéssemos chegar ao seu osso; e, então, a sua mãe te estenderia a mochila e diria, *Vai dar tchau pro seu pai*, e você se aproximaria de mim — menos, em verdade, do que neste momento em que te sinto dentro, misturado ao que sou — e me daria um beijo, e vocês dois sairiam de casa, era ela quem te levava à escola, a mim cabia te apanhar ao meio-dia, eu mesmo fecharia a porta, não sem antes esperar que você se virasse pra me acenar, uma simples despedida, porque mais tarde, claro, você retornaria, você retornaria e continuaríamos a viver juntos e a escrever lembranças, eu a sonhar com manhãs perfeitas, você, distraidamente, a fazer carícias em meus cabelos, sim, eu mesmo fecharia a porta, filho, não sem antes esperar que você se virasse pra me acenar, uma simples despedida, não como agora — porque agora, eu sei, isso jamais acontecerá.

# O ENTREPOSTO

Foi assim: à mesa do café, o pai disse que ia ao entreposto carregar o caminhão. Eu perguntei se podia ir; ele disse, *Pode, vamos!* Luiz, que tinha ido lá uma vez e voltara aborrecido, *Não tem nada pra fazer*, ficou me olhando, incrédulo, seu silêncio dizia, *Você vai se arrepender*, e deu de ombros. Irritava-se, sempre, quando eu me recusava a aprender o que ele, para o meu bem, queria me ensinar. Talvez porque, eu já pensava, a gente aprende mais indo até as coisas do que com as palavras dos outros. A mãe sorriu, reconhecendo um tanto dela em mim, muito além da cor de seus olhos e da curva de suas sobrancelhas.

E, então, fomos, eu e o pai, no caminhão a trovejar pelas ruas, a carroceria vazia, o dia menino, o sol ainda preguiçoso sobre as casas. No banco, entre nós, nada, só uma fatia de espaço, para o nosso conforto. Não precisávamos de mais: as nossas presenças se tocavam. A gente ali, sendo eu e ele, pai e filho na recém-nascida manhã.

Não demorou, chegamos ao entreposto, enorme depósito de cereais junto à rodovia. Dali dava para ver nossa cidade lá embaixo, embutida na planície verde. À beira do entreposto, caminhões aguardavam a hora de serem carregados. O pai estacionou, fomos lá dentro — ele pegando o caminho do escritório, eu atrás, desorientado com aquela grandeza. Sacas e mais sacas (de arroz, café, feijão, milho) formando imensas pilhas que atingiam o teto; dezenas de homens musculosos, sem camisa, pano enrolado na cabeça como turbante, transportando as mercadorias de um lado para o outro. O chão coberto por uma película de pó branco, cascas de amendoim, linhas de estopa. O mundo ali, numa maneira de ser que eu desconhecia — e que se mostrava para mim como o pássaro entre a ramagem da árvore.

No escritório, um cercado de vidro no fundo do entreposto, sentamos num banco de madeira e aguardamos a nossa vez. O pai quase sorria, ele no seu lugar de lucro e contentamento; eu, ao seu lado, assistia ao vaivém que os carregadores teciam com seus pés naquele lugar imenso. Conversavam, gritavam, riam alto, como se levassem às costas asas e não pesadas cargas. Um e outro cantavam, os braços brilhando de suor, as faces sujas de poeira. Distraí-me: com aquilo tudo à minha frente, não havia como ficar em mim, era uma obrigação me entregar.

Assim, quando me dei conta, o pai me pegava pelo braço, *Vem*, e eu fui, obediente, mas ainda voltando-me para trás, querendo mais, lá no fundo um guindaste começava a se mover. Era o fim, mas o fim apenas da primeira parte. Porque o pai, depois de alguns minutos, atendendo ao sinal de um homem, ligou o caminhão e se pôs a entrar, devagarinho, no armazém. Logo os carregadores começaram a trazer sacas e organizá-las num canto da carroceria.

Eu desci da boleia, queria me gastar naquela observação. Atravessei o entreposto procurando um lugar só meu, para ficar comigo, vendo o que eu via — aquele desenho de vidas. Achei uma pequena pilha de sacas de amendoim. Subi ao seu topo, sentei-me. Nenhum véu, tudo nu adiante, para mim. E ainda tinha o cheiro: cheiro cru, de grão de terra transformado em grão de alimento, cheiro demais de vida, de vida brava, senhora das mudanças. De repente, senti: era tanta — e silenciosa — a minha alegria que uma ponta de tristeza já se insinuava. Deixei que viessem, as duas, e me confundissem, eu queria sentir o que sentia àquela hora, uma força presente e a outra futura. O instante e a sua sombra.

Foi assim. Eu cheguei em casa sendo outro, excitado de quietude, maior na minha miudeza. Luiz me viu daquele tamanho e não ligou para a nossa diferença. Fui para o nosso quarto, sentei-me em frente à janela, eu me tornando (também) a vista lá de fora. Desejava, febrilmente, que continuasse tudo daquele jeito: que as coisas, no seu ser apenas, me espantassem sempre. Era o vital para mim: a vida com seus visíveis movimentos. E a gente, cada um no seu posto, nem dentro, nem fora. Entre.

# BALANÇO

O almoço terminara havia algum tempo. Os ruídos na casa, tão vívidos uma hora antes, tinham se recolhido à concha do silêncio, igual a ele na cadeira de balanço.

Dali, de olhos fechados, podia sentir a presença de seus filhos, homens, cochilando no sofá e nas poltronas da sala; podia até mesmo apostar com o que sonhavam, cavalos o caçula, motos o mais velho — porque, de certa maneira, a raiz de sua realidade se ramificara no imaginário de ambos.

E, da mesma forma, ele podia ouvir suas filhas e a nora conversando baixinho na varanda, a contar umas às outras as últimas compras, de olho todas na menina, sua neta, que, sentada no chão, brincava de desenhar a si e aos pais, sem saber que também estava se escrevendo naquela tarde — uma tarde qualquer, como as demais da infância.

Então, uma brisa atravessou a janela, veio até a cadeira de balanço e, ao passar por ele, eis que agitou, como as folhas dos coqueiros lá fora, umas lembranças há muito paralisadas na sua inconsciência e que o faziam ser quem de fato ele era — um velho.

E, para comandar a maré daqueles fatos que vinham dar agora à beira do presente — impedindo de arrastá-lo a águas que não eram suas —, ele se inclinou para trás na cadeira, preparando o impulso, soltou no ato o corpo para frente e começou a balançar.

Recordou, primeiro, quando o filho mais velho, ainda criança, havia se ferido com a tesoura que ele deixara, sem querer, sobre a pia do banheiro. O erro voltou a sangrar — se alguém estivesse perto, a assistir ao seu embalo no passado, haveria de notar a sua expressão de dor.

Mas todos, ali, os homens, imersos em seus cochilos, as mulheres, animadas pela roda de conversa, e a menina, balbuciante, com os lápis de cor entre as mãos, estavam entregues àquele momento, ainda que desatentos à sua finitude, enquanto ele, apenas ele, enfrentava, em pensamento, o vaivém do tempo.

E, se sentia, ainda que sem querer, culpa pelo machucado do filho — a cicatriz estava lá, todos os dias, para lembrá-lo —, também, na outra margem, sabia que o livrara de outras feridas, igualmente dolorosas, e, conforme seus cálculos — um homem sempre julgará a si com alguma, se não toda, leniência —, se fosse comparar o ferimento com os muitos outros danos, que ele lhe poupara, então a conta se igualava.

Já em sua relação com o caçula, não ocorrera nenhum episódio singular, de perda ou de ganho, que exigisse dele, pai, um ato reparador ou, ao contrário, o direito de cobrar algo do filho, para, assim, zerar a diferença. Quando o caçula nasceu, ele já viajava menos a trabalho, passava quase todos os fins de semana em casa — por isso, os dois tinham vivido muitos e muitos pequenos instantes, que haveriam de cerzir as suas reminiscências, igual, portanto, resultava a soma desses instantes, os de bem-aventurança e os de aflição.

A voz de uma de suas filhas se sobrepôs às demais, na varanda; ele parou de balançar e abriu os olhos, como se, daquela forma, pudesse ouvir as palavras dela com a mesma nitidez — aquela nitidez própria dos velhos — com que distinguia os objetos da sala, onde o sol, aos poucos, ia perdendo o seu reinado.

Ele aprendera, ao longo de sua existência, que era preciso, às vezes, reorientar um sentido para confirmar ou negar o que outro dizia: não raro, precisava ouvir o silêncio para que os seus olhos, abertos, decifrassem o que os objetos ao seu redor comunicavam.

Das duas filhas, ela era a que se parecia mais com a mãe. Não pelo corpo — que copiava a altura e uns traços que vinham dele, pai —, mas pelo que se escondia abaixo dele, de sua matéria sólida, a semelhança nascia do que os dois ocultavam e não do que exibiam. Não por acaso, escutou, tantas vezes, colada à voz dela, a voz de sua mulher quando jovem, como era a filha àquela hora.

Fechou os olhos, deu um novo impulso na cadeira e retomou o balanço. Aquietou-se, devagarzinho, com o embalo. Tinha certeza de que seu amor por ela, embora pudesse parecer superior, estava à mesma altura do que sentia por seus outros filhos. Não era um amor maior, de chegada, e para sempre. Era um amor de saída, desde sempre.

A voz de sua outra filha trouxe um comentário sobre o verão, o tempo em que os pais a levavam, e aos irmãos igualmente, à praia, todos então felizes debaixo do guarda-sol, em frente ao azul ondulante do mar, misturando-se com a areia — que também eles eram, sem que percebessem, distraídos que estavam, com os seus pequenos desejos, enquanto a aragem lhes acariciava a pele. Talvez ele tivesse descuidado um pouco da infância dela, cobrando da menina a mulher que a habitava. Mas, agora, que ela crescera e o seguira na profissão, viviam mais próximos, as águas de hoje, mais claras, diluíam as águas escuras de antes.

E havia a nora, que, no princípio, lhe parecera distante, certamente porque viera de outras terras, onde havia mais névoa do que sol. Ele tinha demorado para ver a beleza daquelas terras no grão que ela era. E foi ela quem lhe deu, embora tardiamente, a neta que lá estava, no chão da varanda, rabiscando aquela tarde de domingo, alheia ainda aos cálculos que, no futuro, ela teria de fazer para se acertar consigo mesma, como ele, que, então, examinava, sem dor nem alívio, seus débitos e créditos.

A brisa, de novo, atravessou a sala, passou pela cadeira de balanço e desapareceu. Ele parou de se mover. Sua vida inteira estava ali, quieta em seu corpo. As lembranças também cessaram de farfalhar, como as folhas dos coqueiros lá fora. Ele abriu os olhos e, sentindo o momento presente tão presente e tão justo, ergueu-se da cadeira sem pressa e foi à procura da menina, que, não por acaso, vinha correndo em sua direção.

# FINITA E BELA

Quando ela entrou em casa, fechou a porta e se virou para mim, eu pensei já estar habituado a ver a sua face e reconhecer que aqueles traços eram os seus e a distinguiam de qualquer outra pessoa, mas, novamente, como um vento virgem, a sua inesperada presença me desarrumou o olhar. De repente, eu a vi como da primeira vez, e todas as outras vezes em que ela surgira à minha frente desapareceram de mim, igual a um nevoeiro ao sol. Ela estava mais ela do que nunca e seus lábios me selavam a certeza de que, apesar da secura de seu silêncio, não tardaria para vazar umas palavras. Estranhamente, como se a chave das minhas percepções estivesse alterada, eu me sentia nu, sem a casca que me protegia, eu era só o miolo frágil; e ela também parecia exibir àquela hora só o seu núcleo; o mundo, uma roupa que tínhamos acabado de despir. O menino, que me rodeava havia pouco, estava em seu quarto, mas eu podia senti-lo aqui, assim como o galho, tremulando, sente o pássaro que dele alçou voo. Ela veio até o sofá, deu-me um beijo e sentou-se ao meu lado. Eu perguntei, *Tudo bem?*; ela respondeu, *Tudo*; e, se sabia até onde ia a luz do meu *tudo bem*, eu não ignorava o que se escondia à sombra daquele *tudo* dela. Ao redor, os objetos seguiam, imóveis, no nada de sua existência. Sem pressa, ela foi tirando os sapatos, e seus pés saíram deles úmidos, como raízes arrancadas da terra. Deixamos as palavras abrirem o mar que nos separava para dizer o que se diz quando estamos sem as armas e os escudos, entregues às águas do cotidiano. Foi aí que o menino, içado pelas nossas vozes, apareceu na sala com um brinquedo — o sorriso de quem cabe no seu momento — e acomodou-se sobre o tapete diante de nós. De repente, o mundo se mostrava distinto. E, por um instante, eu senti a vida, sem a nossa vigilância: a vida tão bela, por ser finita. A vida, no seu fluir, gerando as novas dores e as futuras alegrias.

# RETRATO

O dia tão claro, em máxima transparência, quase vítreo, e a gente não vê a escrita ali, diante de nós, se fazendo. Mas, de repente, uma névoa, e eis, plena, na sua espessura, a revelação. Assim foi comigo e o pai. Não que ele também não tenha percebido, mas, naquela tarde, foi para mim que a descoberta se deu.

E se deu desse jeito, na sombra, depois de tanta luz. Era dezembro e o verão vinha com tanto sol que a vida estava em todos, forte, até nos mais velhos — se o contentamento não deslizava de um rosto a outro, neles se podia notar, sobre as rugas, uma certa satisfação. No menino que eu era, então, cada manhã deixava uma poça de fogo em meu espírito. Eu transbordava, sendo mais do que me cabia. A mãe cantarolava, lavando roupa no tanque; o pai, o pai, amolando uma faca no quintal, ouvia-a em silêncio, e esse era o seu canto, no dueto com ela.

Naquele dia, que era só mais um dia, tínhamos já almoçado e, como sempre, estávamos em casa vivendo o que era nosso, sem a inquietação das pequenas vontades ou dos grandes sonhos, sabendo, cada um à sua maneira — é o que hoje concluo —, que não atrapalhávamos o ritmo do Universo, nem o aborrecíamos com a nossa existência.

A tarde estalava de quente lá fora, e dentro também, no assoalho da sala, onde, estirado no sofá, o pai repousava, a mãe, na poltrona ao lado, pregava botão numa camisa, e eu me distraía ao chão com um brinquedo. Era tudo o que eu tinha naquela hora, a liberdade ao lado deles.

Então, aos poucos, o pai foi se tirando do sono, como que de uma roupa, e se levantou, e, ao passar por mim, o seu silêncio me respingou, e eu parei de brincar — eu adorava quando me chamava para fazer o que ele bem poderia fazer sozinho; era um pretexto para ficarmos juntos, o seu modo de me afagar, sem as mãos, a voz, os olhos.

E, depois de lavar o rosto no banheiro, o pai me chamou, ia à casa da avó, tinha de trocar o botijão de gás para ela, consertar uma torneira, coisas miúdas, perguntou se eu queria ir com ele, era tempo só de pegar a caixa de ferramentas — e eu, claro, eu queria. Gostava de ser seu ajudante, como o pai dizia, ele e a mãe se sorrindo; eu me sentia maior e me entregava, feliz, àquelas aprendizagens.

Fui abrir o portão para ele tirar a Kombi e, então, vi umas nuvens lá no fundo do céu, deslizando negras como fumaça, em contraste com o sol que, então, imperava; eu nem imaginava como podiam ter surgido ali, tão de repente, não percebia ainda as coisas acontecendo, só o seu desfecho, eu era incapaz de ver que alguma coisa de grande se ocultava, para o bem ou para o mal, sob as horas de um luminoso dia.

A mãe, que nos observava da soleira, disse, *Vê se vocês não demoram*, e apontou para o horizonte, e o pai, tanto quanto eu, deve ter entendido que ela dizia, *O tempo está mudando, vai cair uma chuva daquelas!*, como se fizesse diferença que o temporal desabasse sobre nossas cabeças ali ou em outro ponto da cidade, ou que junto dela estivéssemos mais protegidos do que na casa da avó.

Mas, até chegar lá — o pai ziguezagueava com a Kombi pela ruas de paralelepípedos —, fui pensando em quão rápida se dera aquela mudança, sem que sequer a cogitasse, e não porque a julgasse ruim, não, seria bom que refrescasse, enterrando o calor por algum tempo; naquela época, eu nem supunha que poderia agir de outra forma, opondo-me às ordens do mundo, e não unicamente aceitando-as, eu estava longe de perceber que a palavra em exagero pede silêncio.

A avó folgava na varanda, sentada com o crochê na mão, igual a outras tardes, tanto que, avistando-a da Kombi, parecia mais um retrato do que a própria realidade à minha frente. Eu senti uma alegria nova por encontrar a avó, como se ela estivesse ali só à nossa espera, e, se de fato estava, a nossa chegada não seria novidade, mas ela a desmentiu, se não surpresa, erguendo-se, lépida, e acenando vivamente para nós, o sorriso de quem reconhece os seus frutos.

Enquanto saímos da Kombi, ela atravessou o jardinzinho em frente à varanda e veio ao nosso encontro. Puxou a lingueta do portão e o abriu, para me receber primeiro com um abraço e um beijo e logo o pai, quase da mesma maneira — o pai era de pouca expansão —, e, como a avó sabia dar a cada um o seu justo respeito, ela o acolheu com um carinho mais curto, e logo vieram as palavras para nos salvar do silêncio, e então, depois das saudações, Oi, mãe, Oi filho, tudo bem?, Tudo bem!, o pai disse, *Vim consertar a torneira e trocar o botijão*, e a avó, *Vamos, entrem, entrem*, e atrás dela eu pude ver, antes de entrar, as nuvens escuras encampando o sol.

O pai foi direto à cozinha. Curvou-se à beira do fogão, fechou a válvula do gás e desengatou a mangueira do botijão. Ergueu-o com facilidade, estava vazio, e o carregou até a edícula. Eu fiquei ali com a avó, que me perguntou sobre as aulas na escola e se a mãe estava bem, e eu lá nas respostas, ela me afagando os cabelos, e logo o pai voltou com outro botijão às costas. Encaixou-o no suporte de ferro, engatou a mangueira e abriu a válvula. *Pronto*, anunciou, *a senhora já pode usar*.

A avó disse, *Vou fazer um café, assim vejo se está funcionando*, pegou uma panela no armário e, antes de enchê-la de água, apontou a torneira e completou, *Tá vendo? Não para de pingar...* O pai arrastou a caixa de ferramentas até a pia, abriu-a, remexeu-a, *Vamos dar um jeito nisso, mãe, é só trocar a borracha*, e, apanhando o grifo, emendou, *A gente veio pra isso...* A avó falou, *Obrigada, filho*, mas parecia que ela desejava que o pai e eu estivéssemos ali por outro motivo, não apenas para lhe fazer um favor. E era, de fato, outro o nosso motivo, era tão maior que nem precisávamos dizer — a avó, no fundo, já sabia. Ela riscou o fósforo, aproximou a chama até uma das bocas do fogão sobre a qual colocara a panela, girou o botão do gás, e um pequeno círculo de fogo se fez ante os meus olhos.

O pai fechou o registro da água ali mesmo, na cozinha, que ainda boiava em claridade. Mas, coincidindo com seu gesto, de repente, o ambiente escureceu. Pelo vitrô dava para ver que as nuvens estavam engolindo o sol. A avó comentou, *Que tempo esquisito...*, acendeu a luz da cozinha, para nos tirar da sombra e facilitar o trabalho do pai, e emendou, *Depois desse calor o dia inteiro, aí vem temporal*.

Eu já tinha visto o pai fazer aquele conserto outras vezes, adiantei-me pegando uma borracha na caixa de ferramentas e passei a ele, que desatarraxou a torneira e retirou dela os restos da antiga borracha. A troca foi feita e, num instante, a torneira da pia estava pronta, sem gotejar. A água na panela já fervera e a avó coou o café. *É melhor tomar logo*, ela disse para o pai, que se sentara num banquinho à sua frente, *e voltar pra casa antes da chuva*... Eu achei que a gente podia esperar ali, com a avó, enquanto a chuva caía — por que tínhamos de ir embora? Mas não disse nada, o pai e a avó tomavam o café em silêncio, um diante do outro, a mirar as coisas ao redor e, também, a se entreolharem, sorrateiros.

Um trovão estrondou lá fora e nos apressou. O pai entornou a xícara, bebeu o último gole, ergueu-se e me disse, *Vamos, filho!*; eu peguei a caixa de ferramentas e fui atrás da avó, que também seguia rumo à porta para nos acompanhar. Na varanda havia uma réstia do sol que fervera desde cedo, mas as sombras iriam consumi-la em minutos. *Vai cair um pé-d'água daqueles*, o pai disse, observando o céu tumultuado pelas nuvens negras, e a avó, apontando o canavial borrado à nossa vista, disse, *Já está chovendo lá...*

Nos despedimos às pressas, e, mal entramos na Kombi, a tempestade desabou. O pai deu a partida, e, estranhamente, o motor falhou. Tentou outra vez, o motor rangeu, ranhetou e, enfim, pegou. Fomos saindo devagar, a rua se inclinava numa baixada, os pneus patinavam nos paralelepípedos. Acenei para a avó, que não percebeu o meu gesto, uma cortina d'água se formara entre nós, e, ao notar a perua se movendo, ela entrou rapidamente na casa. Nem viu que a Kombi morreu e que paramos no meio da ladeira, poucos metros dali.

O pai freou, encostou a perua com cuidado no meio-fio, puxou o breque de mão. Tentou dar a partida outras vezes. Inutilmente. *Só faltava essa!*, esbravejou. Sem saber como agir, fiquei mudo, esperando a sua palavra. O aguaceiro explodia sobre o capô e, além do para-brisa, uma neblina branca e espessa impedia a nossa visão. Pelos vidros laterais, dava para notar que era só o começo. Ia demorar para as nuvens inflamadas se esgotarem e o azul do céu retornar, inteiro e anil, à sua superfície de louça.

*Tem de pegar no tranco*, o pai falou, *vou tentar*, e soltou a Kombi na banguela. A perua se moveu lentamente, foi se aligeirando graças à inclinação da rua e, quando já descia, desabalada, o pai deu um tranco forte, mas o motor não respondeu. Ele esperou a Kombi ganhar velocidade de novo, deu outro tranco, e, igualmente, o motor não pegou. A ladeira terminou e, dali em diante, não havia descida para novas tentativas, *Só se a gente empurrar*, o silêncio do pai dizia, e eu entendi. A chuva desabava, furiosa, raios rasgavam o céu de ponta a ponta e trovões estrondavam, seguidamente, com raiva.

O pai, impaciente, pousou as mãos no volante, ficou um minuto gastando aquele sentimento, pensando em alguma saída. Aí, de súbito, ele me olhou e, convicto de que eu podia ajudar, disse, *Vou sair pra empurrar e você segura firme a direção!* Eu respondi, *Pode deixar*, mudei de lugar no ato e empunhei o volante. O pai respirou fundo e disse, *Já!* Abriu a porta — o vento e o rumor da chuva entraram — e aí começou a empurrar a perua com todas as suas forças, até lhe saía uns gemidos...

A Kombi se movia devagar, o pai ia se ensopando rapidamente — eu, colado à direção, não a deixava virar —, e, quando pegamos embalo, o pai saltou para dentro, eu voltei ao meu lugar, ele tentou ligar dando tranco, uma vez, duas, três — nada! Na quarta vez, milagrosamente, a ignição funcionou, o pai acelerou, o motor deu mostras de que ia pegar, mas de novo gorou. O pai pisou no breque, manteve a Kombi perto do meio-fio, *Foi por um triz*, ele comentou, *Um pouquinho mais de velocidade, acho que pega...*

O pai suspirou, a água gotejava de seus cabelos sobre o volante. E eu, ao lado, observava-o, desconfiado de que algo entre nós, àquela hora, estava para se iniciar. E, para que ocupasse inteiramente o seu lugar em mim, eu comecei a me esvaziar de tudo o que não era ele, o dilúvio, os raios, os trovões, e falei, *Eu ajudo a empurrar*, e ele, *Não, não precisa, você vai se molhar*, mas eu, sendo filho de quem era, eu disse, *Precisa, sim, pai, senão não vai pegar*, e ele, *Sua mãe não vai gostar*, mas eu, sem sua permissão, abri a porta, saltei para a calçada e comecei a empurrar a Kombi com a máxima potência dos meus braços, enquanto a chuva ia me encharcando.

O pai abriu a porta, saiu à rua e se pôs também a empurrar, uma das mãos controlando o volante, *Força, força*, gritou, para me incentivar, e aí eu redobrei a impulsão, e a Kombi passou a se movimentar, avançando com rapidez como a enxurrada, e, quando ficou perigoso, o pai ordenou, *Entra, entra, agora!* Eu entrei e fechei a porta, inteirinho molhado; o pai fez o mesmo. Então, não sei por que, eu e ele nos olhamos e começamos a rir, rir, rir, tão próximos... Eu nem ligava mais se a Kombi ia pegar, eu estava ali, pleno do pai, e os contornos de seu rosto iam se tornando, àquela hora, e para sempre, sua mais bela lembrança em mim.

**JOÃO ANZANELLO CARRASCOZA** nasceu na cidade de Cravinhos, no interior de São Paulo. Escritor e professor da Escola de Comunicações e Artes da Universidade de São Paulo (USP), publicou os romances *Caderno de um ausente* e *Aos 7 e aos 40*, os livros de contos *Espinhos e alfinetes*, *Amores mínimos* e *Aquela água toda*, entre outros, além de obras para o público infantojuvenil, como *Aprendiz de inventor*, *Caixa de brinquedos*, *O homem que lia as pessoas* e *Vamos acordar o dia? Histórias de uma linha só*. Algumas de suas histórias foram traduzidas para croata, espanhol, francês, inglês, italiano e sueco. Recebeu os prêmios Jabuti, APCA (Associação Paulista dos Críticos de Arte), FNLIJ (Fundação Nacional do Livro Infantil e Juvenil), Fundação Biblioteca Nacional (por *Tempo justo*) e o o internacional Guimarães Rosa (Radio France).

FONTE: AW CONQUEROR SANS E BERLING LT STD

PAPEL: PÓLEN BOLD 90 G/M$^2$